필연

행 랑 채 의 詩 畵

필연 必然

사라 · 김노환 지음

해피북미디어

필연이 아닐까

사라

당시엔 연애하면 집안 망신이라고, 왜 그리 틈만 나면 필사적으로 우리 둘을 갈라놓으려 했는지 모르겠습니다. 요즘이야 연애하고 결혼하는 게 상식이지만, 죽이니 살리니 매까지 맞아가며, 반대하는 가족들과 싸우느라 헛된 시간을 보냈습니다. 집안이 뒤집어지고 온 동네가 다 알도록 모두가 독하게 말렸으나 우린 끝까지 사랑을 밀고 나갔습니다.

만나지 못하도록 집 밖에 나가질 못하게 해 꼼짝없이 감금당한 상태였어도, 통금시간 지나 새벽 1시~2시면 우리는 매일같이 재래식 화장실 환기통을 사이에 두고 하루의 일과를 이야기하고, 선물도 주고받고, 따뜻하게 손을 맞잡았습니다. 화장실 환기통으로 건네받은 선물 체크블루 파라솔을 지금도 잊을 수가 없습니다.

이웃의 소개를 통해서 몇몇 사람이 만나자, 사귀자 다가와도 전혀 마음이 끌리지 않았는데, 배우처럼 잘생기지도 않았고 재력도 없는 세라 아빠께 왜 그리 이끌렸는지, 하루라도 안 보면 기다리고 걱정하고 불안했던 그때를 생각하니 아득합니다.

하도 주변에서 말리니 그만큼 우린 더 간절히 보고 싶었고, 한 번이라도 더 만나려고 애썼습니다. 지독히 가난했던 시절, 가족의 반대를 무릅쓰고 몰래 사랑한다는 게 당시엔 얼마나 힘든 일이었는지, 울기도 많이 울고, 울다 실신까지 했던 그때를 생각하면 마음이 아픕니다.

결국 우리 두 사람은 집을 뛰쳐나왔고, 돈 한 푼 없이 새로운 삶을 시작해야 했습니다. 반대를 물리치고 나왔으니 아파도 견뎌야 했으며 되돌아갈 순 없으니 앞만 바라보고 참고 참으며 꾸역꾸역 살아야 했습니다. 서로 사랑하며 사는 모습을 보여주어야 했습니다.

지금은 하늘과 땅, 가족 이웃 친구들 모두에게 진실한 고마움의 인사를 전하고 싶습니다. 함께 견디며 여태 잘 지켜준 남편께도 감사하고, 나 자신에게도 잘 견디었다고 감사의 인사를 전하고 싶습니다.

차례

2부 — 인생의 파노라마

3부 — 윤회

1부 — 사랑합니다

사랑합니다

처음 본 당신은
하얀 장미처럼 순결했고
우아한 자태는
목련을 닮았었지요

바람 불고 힘들어도
변함없는 당신의 향기
반짝이는 미소가
고맙고 또 고맙습니다

늘 건강하길 기도하며
사랑합니다

필연必然

사라

그리워 울고
멀어지면 붙잡고
또 그리워 울고
싸우다
꽃을 그렸다

수의(壽衣)에
한 송이 한 송이
꽃잎 찍을 때마다 그것들은
사랑을 향해 번졌다

필연의 뜰에
하얗게 또 노랗게

명당明堂

담쟁이넝쿨 벽 타고 오르다
당신이 그린 제비꽃을 만나니
고개 비틀고 돌아가네

고단한 휴식이 있는 자리
생명이 예를 갖추는 자리
섞이기보다는 서로 조금 떨어져
가만히 지켜보는 자리

함께 있어도 늘 그리운
그곳을 우리는
마음의 명당이라고 하지

눈

겨울 골목으로
취해 사라지는 눈
하늘이 든 눈
이슬이 맺힌 눈
힘들 때 가까이 오라고 말하는 눈
차린 건 없지만 같이 먹자는 눈

사람의 눈엔
삶의 서리가 내립니다
눈 바로 뜨자고요!

붉은 홍시

가을은
행랑채 뒷마당으로 오고
기와지붕에 기댄 감나무
붉은 홍시
낙엽 우에 떨구네

아들 오면 줄 거라는
엄마 앞치마엔
홍시가 그득하다

내가 그린 꽃

사라

내가 그린 꽃은
내 마음이었어요.

배가 고파도 꽃을 그렸고
아기를 보며 꽃을 그렸어요.

슬퍼도 꽃을 그렸고
외로울 때도 꽃을 그렸어요.

꽃을 그리면서
나도 꽃처럼 피고 싶었어요.

언젠가는 꽃이 되리라 믿었는데
그만 할머니가 되고 말았네요.

새벽기도

별 없는 하늘은 구름이 찼나 보다
도둑고양이처럼 일어나 선원에 불 밝히니
신이 떠나려는 시간이다

창을 흔드는 바람에
마당도 깨고
나는 고요히 손을 모으고
숨을 통제한다
오늘의 새벽기도는
아픈 사람을 위해서이다

결핍이 엄습하고
낯설고 험한 길 걸을 때
신은 반드시 우릴 찾는다

기적

하늘과 바다가 어울려 사는 동안
우린 할퀴며 살았습니다

불꽃 같은 기적이란
이 세상에 없으며
버리는 사람 버려진 사람
사람과 하늘이 음모를 버리고
나누기 시작할 때 기적은
심장을 거쳐 우리의
혈관을 타고 흐르게 됩니다

사랑하오

사랑하오
내 청춘과 삶을 묻었고
영혼을 묻었기에

많이 사랑하오
결혼 42주년
마음 다해 축하하오

Sara

나무의 말

바람에 떠는
나무가 속삭였습니다

사람 사이에
믿음이 있는 한
건너지 못할 강이 없다고

어머니

뒷동산
뻐꾸기 소리 들으니
고향이 그립고
양지 바른 묏등에 핀
할미꽃을 보니
어머니가 그립습니다
어머니의 목소리
어머니의 눈물도
그립습니다

고인돌

고인돌은
신과 인간의 경계를 지켰을
한 사람을 향한
절대 존경의 표식

거대한 원시의 바위 얹을 때
생산과 분배의 정신이
타락하지 않도록
신의 세계에서
아름다운 공동체를
영원히 지켜줄 거라 믿었으리라

사랑 말고는

당신의 눈빛은 믿음입니다
당신의 목소리는
꽁꽁 언 호수 저면(低面)을 헤엄치는
퍼들퍼들한 생명입니다

당신은
내 사유의 전부여서 더는
당신을 표현할 언어가 없습니다
사랑 말고는

딸에게

평생을 보는데도
네 앞에 서면
그냥
생각이 멈춰버려

외할아버지가

별나라에서 왔는지
달나라에서 왔는지

외할머니 만들어준
꿈 옹알이 베개 베고

쌔근쌔근
행복한 꿈 키우렴
예쁜 나라야

나무의 사랑

켜켜이 뻗은 뿌리들
짓밟혀 속살이 드러나도
나무는 자라지

내가 죽은 후
내 새끼 손주들에게
하늘 향해 선
나무로 남고 싶어

슬픔

젊은 날
우리 삶에 드리웠던 그늘을 떠올리면
슬픔은 가끔
내 무의식의 호수에 몸을 던진다오

가슴속 뭇 생명 흔들던 슬픔
겨우 파문이 가라앉을 때쯤
손에 쥐게 된 한 줌의 사랑은
또 얼마나 간절했는지

67회 생일을 축하하며

하늘 섬긴 쑥부쟁이
가을 들판 물들인 풍요가
당신을 꼭 닮았네요

언제나 보드라운
당신을
깊이 사랑합니다

『노년의 지혜』를 축하합니다

사라

축하합니다.
평생 같이하면서
무수한 시행착오를 거듭하면서
수고하신 당신께 감사합니다.
남은 시간
다할 때까지
당신을 보필하면서
영원히 사랑할게요.

각오의 힘

너무 힘들어
눈물 없이 버틸 수 없는
벼랑에 서게 되었을 때
오직 사랑 하나
꼭 보듬고
정직하게 죽어야지 각오하면
되려 힘이 생길 거야
기죽지 마, 힘 내!

웃는 당신

오늘도
작고 하얀 조가비를
양손에 들고 웃는 당신
참 뽀얗고 예쁘다

아기처럼 맑은
당신의 미소 앞에
미안하고 고맙다가도
가끔은 부끄러워

2부 — 인생의 파노라마

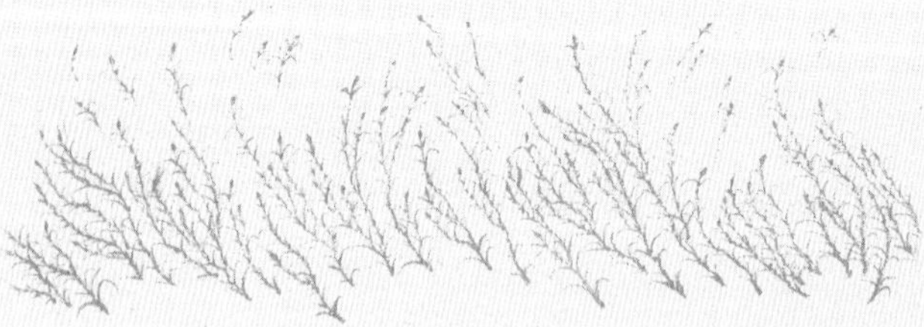

인생의 파노라마

강물처럼 흘러온
파노라마의 인생이여

봄
여름
가을
겨울을 이겨낸
당신의 삶을
깊이 존중하고 사랑하오

꽃

세월의 바람에
살포시 익은
당신과 나의 향기가
너무 예뻐!

나라와 아림이
예쁘다 못해 꽃으로
활짝 피었네!

69회 생일에

당신의 푸근함은
땅을 닮고
가을과
그 얼굴이 닮아
나는
세상에서
가장 행복합니다

알다가도 모를 일

공장과 논을 거쳐
언덕을 타고 오르더니
청도를 넘어 수도권으로 가는 송전탑이
괴물처럼 밀양을 둘러싸고 있다

저들 쓸 전기는 그 동네서 만들지
뭐 하러 온 나라의 산과 들을 가로질러
백두대간을 타고 흐르는 대륙의 기를
자르고 쑤시고 못살게 구는지
참 알다가도 모를 일이다

개나리 흐드러진 풍경도
이젠 아름답다고 말 못하겠다

순환循環

유난히 뜨거웠던 지난여름
가빴던 숨, 땀방울의 환영
차가운 마당에 굴러다니는 이파리의
마른 허기가 삭고 있다

가을 아침 바스락바스락
다 소멸된 것 같아도
겨울 지나 봄이 오면 그것들은
미미한 생명으로 거듭난다

어떤 이파리도
마르고 허기진다고
마당을 굴러다닌다고
죽었다 할 수 없는 이유이다

허기진 날

밥 먹을 시간도 없이 움직이다
시내에서 철물을 사 들어오니
볕에 마른 걸레처럼
몸의 겉이 일제히 창자를 향해
오그라드는 기분이었다

뜰에서 만난 아내
밥 차려놓겠다고 툭 던지는
한 마디에
허기가 싹 달아났다

생명의 힘

뜰 귀퉁이 놓인 화분에
누렇게 뜬 이파리가 눈에 띄었다
쇠털 같은 날들, 그리 들락거리면서도
보지 못했던 것들이었다

햇살 따가운 곳에 놓인 건 반그늘로
그늘에 놓인 건 양지바른 곳으로
하릴없이 하나둘 옮겨 놓고는
"다시 힘내서 살아보자!" 속삭였다

며칠쯤 지났을까, 문득 생각나
녀석들 일일이 살펴보니
콩알만 한 새싹이 어미 몸에 붙어 있다
역시 하늘은 생명의 힘이다

반짝이는 언어

싸늘한 새벽공기와 함께
"할아버지 할머니, 나 학교 마치고 올 때까지
있을 거지?"
나지막한 외손자의 한 마디가 살며시
방문 틈으로 밀고 들어왔다

세상에서 가장 반짝이는 언어가
흩어질까 싶어
얼른 가슴에 담으니
우리 부부 참 따스해져

개미처럼

먹을 걸 찾아
흙을 파고
꾸역꾸역 기어
돌 틈 헤집고 나무를 타는
개미처럼 살아야 해
두려움 없이

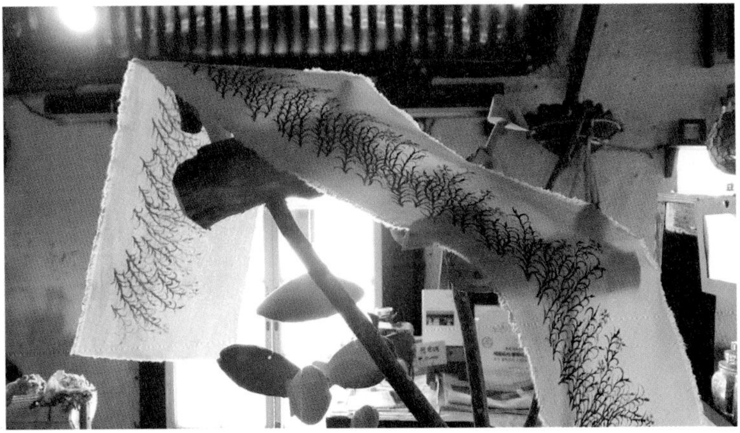

바느질하는 아들

신식 멋쟁이 아들이
바짓가랑이 뒤집고는 손바늘로
헤진 궁둥이 꿰매는 모습에
내 심장이 파르르 떨렸다

엄동설한 긴긴밤
고달픈 인생을 한 땀 한 땀
꿰매시던 어머니 얼굴이
아른거렸다

찬바람 불고 손이 시려도
헤진 옷 고쳐 입고
그래, 우리 아들
영광이 함께 하길 기도하마

사랑의 완성

반드시 이겨내리라
사랑하리라
굳게 견디었지만
때로는 흔들리며
기나긴 시간이 흘렀다
마침내 우린 승리했으므로
이젠 야윈 모습, 그
하관(下顴)의 주름까지도
사랑해야 할 것 같아

우리 사랑은 일흔에 완성되었으니
부디 백세의 여생이기를

나의 남편

사라

앞주머니가 유행이던 시절, 카키색 바지에 티 차림의 그는 배우보다 옷 잘 입고 핸섬한 남자였지. 약국 윈도우 앞에서 언제쯤 지나가나 하염없이 기다리며 그를 보고 싶어 했지. 시골에서 내려온 후 나이가 차도 이끌리는 남자가 없었는데 우린 대체 어떤 인연이었는지, 그 사람을 왜 그리 기다렸는지. 세월은 흐르고 흘러 둘 다 하얀 머리로 밥상 앞에 마주 앉는다.

워낙 사는 일이 팍팍하여 잘 해드리지도 못하고, 잡숫는 것도 알뜰히 챙겨드리지 못했는데, 이래저래 세월만 쏜살같이 흘러가 버렸다.

좀 잘 살아지겠지, 아이들에게도 나중에 좀 넉넉해지면 잘해줄게, 혼자 되뇌며 억척같이 산 기억들이 아득하기만 하다. 언젠가는 옛말하며 살 날 오겠지, 하며 옆도 안 돌아보고 왔으나 남편과 아이들에게 공연히 미안할 때가 있다. 그래도 남편은 언제나 날 예쁘다 하시고, 아기처럼 착한 사람이라며 마음 다해 사랑해주시니 난 정말이지 뒤늦게 행복한 여자가 되었다.

종일 수련생 챙기시고 여기저기 운전에다 식구들 챙기시는 걸 보면 그저 감사할 뿐인데, 중간쯤 옆길로 샜더라면 어쨌을까 싶고 아찔하다.

고생이었지만 그래도 사랑하며 살아온 시간을 돌이켜보며 세상의 모든 신들께 감사드린다.

해박한 지식과 진정한 실력, 또렷한 말솜씨, 누가 감히 따라올 수 있을까, 새삼 생각해보니 난 분명 횡재를 한 게 틀림없다.

살포시 보듬어주시곤 가는 뒷모습이 외로워 보여 마음이 짠한데, 앞으로 더 살갑고 따스하게 해드려야겠다고 다짐하며.

꽃

장미꽃 몇 송이
화병에 꽂았다

며칠 지나니
꽃의 숨소리
서서히 잦아든다

그래, 꽃도 사랑도
산 것은
오롯이 책임져야 한다

제자들에게

함께 수련하며
한솥밥으로 지낸 시간
십 년 이십 년
그 오랜 인연과 믿음이
참 고맙습니다

마당 귀퉁이 감나무처럼
주렁주렁 열매 맺어
백연 청아 은초 예담 초연 해란
우리 사랑과 믿음으로
치유의 힘을
세상에 펼쳐봅시다

역사

기나긴 숨으로 흘러온 강물이
바다와 만날 때 그걸
역사라 하듯
더 낮게
엎드리고 엎드려
물처럼 흘러가게 되기를

2015년 결혼기념일에

참 고맙네요
당신과 나의 순간순간이
감동입니다

당신을 보면
난 그냥 좋습니다

싱그럽게 번지는 당신의 향기
나 아니면 알 수 없을
그 신비가 참 고맙습니다

당신이 좋습니다

생각만 해도 따스합니다
50년이 좋았는데 여전히 난
당신이 좋습니다

나의 영원이요 영혼인
당신, 그 꾸밈없는 소탈함
생명에 대한
아기 같은 연민과 사랑
현실로부터의 고고함

오, 그 아름다움은
내 마음에 영원히 반짝입니다

통증

당신이 아프다 할 때
나는 핏줄까지
시리고 떨렸습니다

그 통증을 품고
온몸으로 기도했던 겨울밤

오, 아침에 본 당신
정말이지
그림 속 꽃이었습니다

나무

해질녘이면
나무의 심장과 혈관을 느낀다

장터에서 사 온 어린 묘목이
벽을 타고 기와를 타고
하늘을 향해
꾸역꾸역 기어오르는 동안
우리 오랜 사랑은
두 팔 뻗어 기쁨으로
새 잎을 낸다

숨은 꽃

당신은
꽃 뒤에 숨은 꽃입니다
유독 나에게 부끄러워했던 당신
그 부끄러움은 향기였고
고비마다 날 일으켜 세운
신비한 그물이었습니다

새삼 당신의 인격과
그 인고의 삶을 존경하며

기도

나비가 날 찾아와
내 가슴에 앉은 지 오십 년
오늘도 그 날갯짓은
내 영혼을 흔들어 깨웁니다

당신과 영원히 함께하기를
첫새벽에 기도합니다

나라와 아림이

나라와 아림이의 얼굴은
봐도 또 봐도 보고 싶은 하늘

나라와 아림이의 웃음은
희망을 입에 문 종달새의 지저귐

그 소리 까르르 하늘 수놓을 때
아, 고요히 신께 감사합니다!

3부 —— 윤회

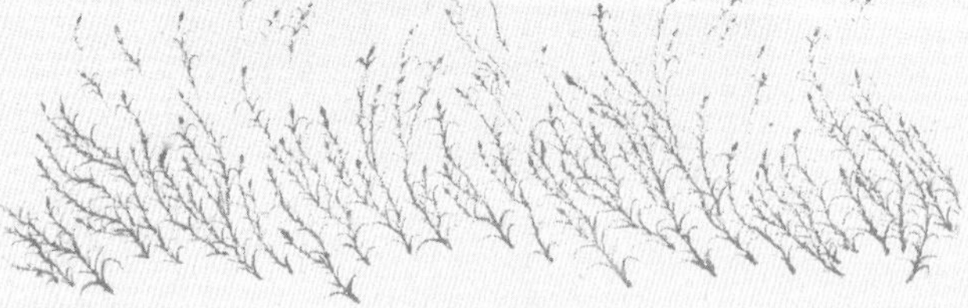

윤회輪回

당신과 내가
몇 생의 윤회를 거쳐
아슬아슬 만났을까

이리 깊은 인연이라면
다시 만나야지
다시 꽃 피워야지

슬픈 기억

고요히 바람 불자
버들강아지 히죽히죽 몸 흔들며
외로워도 살아야 한다고
귀에 속삭입니다

그때 슬픈 기억 하나
발등에 툭 떨어져
얼음이 금 가듯
찌잉 가슴을 찌릅니다

노인의 싸움

부산 갔다가
길에 차를 세우고 싸우는
늙은이 둘을 보았다

같은 늙은이로서
둘을 붙잡고 묻고 싶었다
단 한 번이라도
사랑을 고백한 적 있냐고

돌멩이

강가를 걷다
돌멩이 하나 힘껏 걷어찼다
수백만 살이나 되는 존재를
백 살도 안 되는 내가

돌멩이가 허공을 나르며 그랬을 것이다
"자존심 상하지만 참자!"

켜켜이 쌓인 풍화의 기억
돌멩이의 그 아득한 인고를
언제쯤 깨닫게 될까

신기루

풋풋한 이른 봄
언덕 아래
새싹 내민 해쑥처럼
당신은
때 묻지 않은
내 영혼의 유일한
신기루입니다

눈물

언제였던가, 당신의
볼을 타고 흐르던 눈물이
내 가슴에 들어와
터지고 터지더니
거대한 호수가 되었습니다

그 호수가 먹먹해
펑펑 울었던 밤이 있었습니다

작은 연못

새로 만든 마당의 작은 연못
부레옥잠의 초록빛이 참 좋다
집터의 물길을 잡으며
덤으로 맑은 물과
초록빛까지 선물로 받는다

새파랗고 새빨갛고
거무튀튀한 건 불편한데
제 몸 그대로의 초록빛은
언제나 위로고 격려다
꽃은 또 얼마나 아름다운지!

깨달음으로 돌아오기를

나의 기도가
더 맑고 깊어져
모든 나무의 상처에 침투하여
나무는 새들의 그늘이 되게 하고
그 그늘은
바람의 쉼터가 되었다가
이른 새벽 나에게
깨달음으로 돌아오기를

약속

솜털 파르르 떨며
겨울 터는
버들강아지 목 밑으로
개울은 쉼 없이 흐른다

언제
강물과 만나기로
약속이나 한 것처럼

경계근무

당신의 꽃잎에 빠져
그 맑은 영혼에 스미어 살아온
생애에 감사하는 첫새벽

혹여 그 순수에
얼룩 앉을까 걱정되어
지금 홀로 새벽을 지키니
경계근무 이상 무!

사랑의 입맞춤

좌절과 혼돈, 그
반백의 시간을 붙든
당신의 진실에
내 사랑의 입맞춤을

2013년, 아내의
예순여덟 번째 생일을 축하하며

큐!

한 번의 리허설도 없이 오른 무대
사는 게 기막혔다
무대가 처음이니 실수투성이였고
박수 치는 관객도 없었다
불이 꺼지면 켜야 했고
노래라도 불러야만 했다

둘러보니 둘만 남았다
그래, 이제부터
진정한 무대의 시작이다
기쁘게 큐!

거울

온몸 바스러져
죽을 듯 아플 때일수록
거울을 봐요

더 무너지라 하는지
더 뽐내라 하는지
더 사랑하라 하는지

하늘이
좋아서.....
Sara

뒷말

서울 갔다가 지하철을 탔다
옆에 앉은 여인 둘
분내에 머리가 아플 지경인데
신랑 험담에 열심이다
고갤 끄덕여가며
욕까지 섞어 수다 작렬 중

저럴 거 뭐 하러 같이 사노
저리 욕을 해대면
귀만 간지러운 게 아니라
인생도 간지러워지는 법
뒷말은 언제나 사람을 해친다

말의 허구

앙상한 나뭇가지에 움트는
새순의 욕망을 느낀 적 있다면
기도를 하지
말로 하지 말았으면

절실한 사랑

사랑이란
깊은 산 시냇물처럼
졸졸졸 흐르며
스스로 떨리고 시려
눈물 한 방울
보태어 흐르는
그런
절실한 사랑이어야지

행랑채 아침

세상에서 가장 낮은 집
행랑채 담 모퉁이
힘겹게 서 있는 오래된 감나무는
주렁주렁 매달린 붉은 감 가지를
황토 담에 받치고서야 편안해 한다
행랑채 새침데기 예쁜 우정이
하얀 앞치마에 곱게 빗어 올린 머리 위로
까치 소리가 아침을 여는구나
수제비 비빔밥 맛있다는 손님 칭찬에
오늘도 행랑채는 행복이 가득한
하루가 시작된다

행 랑 채

오체투지 五體投地

겨울이 오던 날
극심한 기침과 고열이
날 휘감았다

그날따라
으스러질 듯한 몸조차
얼마나 감사한지
혼미한 아침 내내
오체투지로
바닥에 입 맞추었다

소박하고 우연한 기쁨

아내가 그린 온갖 꽃들이
일제히 책갈피로
삐죽삐죽 고갤 내미니 좋습니다
이리 소박하고
우연히 찾아온 기쁨이
또 어디에 있을까요?

서툴기만 한 행간을 뚫고
우리 둘 사랑이
여기저기 툭툭 튀어나오니
좀 부끄럽기도 하지만
지난한 세월의 선물 같아
마음 깊이 기쁩니다

행랑채를 둘러싼 그림 속의 꽃들과
어느 새벽 소중히 건네던 쪽지들
오랜 시간 함께 한 식구들의

피땀이 밴 풍경이 아름답습니다

사랑하는 가족과 제자들
늘 함께 해 고맙습니다

낡고 오랜 이곳이
온통 초록빛으로 물드는
생명의 터가 되기를
치유의 터가 되기를
오늘도 기도하며
사랑하고 또 사랑합니다.

나무의 철학

제 몸 일으킨
나무는
단 한순간도
땅을 벗어나지 않습니다

부디 제자리에서
겸손하게 사는 일을
게을리 말기를
기도합니다

필연必然

초판 1쇄 발행 2017년 4월 28일

지은이 사라 · 김노환
편낸이 권경옥
편낸곳 해피북미디어
등록 2009년 9월 25일 제2017-000001호
주소 부산광역시 동래구 우장춘로68번길 22
전화 051-555-9684 | 팩스 051-507-7543
전자우편 bookskko@gmail.com

ISBN 978-89-98079-20-8 03810

*책값은 뒤표지에 있습니다.
*파본은 구입하신 서점에서 바꾸어 드립니다.
*이 도서의 국립중앙도서관 출판시도서목록(CIP)은 서지정보유통지원시스템 홈페이지(http://seoji.nl.go.kr)와 국가자료공동목록시스템(http://www.nl.go.kr/kolisnet)에서 이용하실 수 있습니다.(CIP제어번호: CIP2017008716)